뿔

뿔

신경림 시집

창비

차 례

제1부

떠도는 자의 노래

외진 별정우체국에 무엇인가를 놓고 온 것 같다
어느 삭막한 간이역에 누군가를 버리고 온 것 같다
그래서 나는 문득 일어나 기차를 타고 가서는
눈이 펑펑 쏟아지는 좁은 골목을 서성이고
쓰레기들이 지저분하게 널린 저잣거리도 기웃댄다
놓고 온 것을 찾겠다고

아니, 이미 이 세상에 오기 전 저 세상 끝에
무엇인가를 나는 놓고 왔는지도 모른다
쓸쓸한 나룻가에 누군가를 버리고 왔는지도 모른다
저 세상에 가서도 다시 이 세상에
버리고 간 것을 찾겠다고 헤매고 다닐는지도 모른다

특급열차를 타고 가다가

이렇게 서둘러 달려갈 일이 무언가
환한 봄 햇살 꽃그늘 속의 설렘도 보지 못하고
날아가듯 달려가 내가 할 일이 무언가
예순에 더 몇해를 보아온 같은 풍경과 말들
종착역에서도 그것들이 기다리겠지

들판이 내려다보이는 산역에서 차를 버리자
그리고 걷자 발이 부르틀 때까지
복사꽃숲 나오면 들어가 낮잠도 자고
소매 잡는 이 있으면 하룻밤쯤 술로 지새면서

이르지 못한들 어떠랴 이르고자 한 곳에
풀씨들 날아가다 떨어져 몸을 묻은
산은 파랗고 강물은 저리 반짝이는데

陋巷遙

이제 그만둘까보다, 낯선 곳 헤매는 오랜 방황도.
황홀하리라, 잊었던 옛 항구를 찾아가
발에 익은 거리와 골목을 느릿느릿 밟는다면.
차가운 빗발이 흩뿌리리, 가로수와 전선을 울리면서.
꽁치 꼼장어 타는 냄새 비릿한 목로에서는
낯익은 얼굴도 만나리, 귀에 익은 목소리도 들리리.
이내 어둠은 옛날의 소꿉동무처럼 다가오고,
발길 따라 깊숙한 골목 여인숙 찾아 들어가면
눅눅하고 퀴퀴해서 한결 편해지는 잠자리.
꿈인 듯 생시인 듯 들리리, 네가 가 잠들 곳 또한
이같이 익숙한 곳 편안한 곳이라는 소리가, 먼데서.

집으로 가는 길

가볍게 걸어가고 싶다, 석양 비낀 산길을.
땅거미 속에 긴 그림자를 묻으면서.
주머니에 두 손을 찌르고
콧노래 부르는 것도 좋을 게다.
지나고 보면 한결같이 빛 바랜 수채화 같은 것,
거리를 메우고 도시에 넘치던 함성도,
물러서지 않으리라 굳게 잡았던 손들도.
모두가 살갗에 묻은 가벼운 티끌 같은 것,
수백 밤을 눈물로 새운 아픔도,
가슴에 피로 새긴 증오도.
가볍게 걸어가고 싶다, 그것들 모두
땅거미 속에 묻으면서.
내가 스쳐온 모든 것들을 묻으면서,
마침내 나 스스로 그 속에 묻히면서.
집으로 가는 석양 비낀 산길을.

그 길은 아름답다

산벚꽃이 하얀 길을 보며 내 꿈은 자랐다.
언젠가는 저 길을 걸어 넓은 세상으로 나가
많은 것을 얻고 많은 것을 가지리라.
착해서 못난 이웃들이 죽도록 미워서.
고샅의 두엄더미 냄새가 꿈에서도 싫어서.

그리고는 뉘우쳤다 바깥으로 나와서는.
갈대가 우거진 고갯길을 떠올리며 다짐했다.
이제 거꾸로 저 길로 해서 돌아가리라.
도시의 잡답에 눈을 감고서.
잘난 사람들의 고함소리에 귀를 막고서.

그러다가 내 눈에서 지워버리지만.
벚꽃이 하얀 길을, 갈대가 우거진 그 고갯길을.
내 손이 비었다는 것을 깨달으면서.
내 마음은 더 가난하다는 것을 비로소 알면서.
거리를 날아다니는 비닐 봉지가 되어서
잊어버리지만. 이윽고 내 눈앞에 되살아나는

12

그 길은 아름답다. 넓은 세상으로 나가는
길이 아니어서, 내 고장으로 가는 길이 아니어서
아름답다. 길 따라 가면 새도 꽃도 없는
황량한 땅에 이를 것만 같아서,
길 끝에서 험준한 벼랑이 날 기다릴 것만 같아서,
내 눈앞에 되살아나는 그 길은 아름답다.

봄날

새벽 안개에 떠밀려서 봄바람에 취해서
갈 곳도 없이 버스를 타고 가다가
불현듯 내리니 이곳은 소읍, 짙은 복사꽃 내음.
언제 한번 살았던 곳일까,
눈에 익은 골목, 소음들도 낯설지 않고.
무엇이었을까, 내가 찾아 헤매던 것이.
낯익은 얼굴들은 내가 불러도
내 목소리를 듣지 못하고.
복사꽃 내음 짙은 이곳은 소읍,
먼 나라에서 온 외톨이가 되어
거리를 휘청대다가
봄 햇살에 취해서 새싹 향기에 들떠서
다시 버스에 올라. 잊어버리고,
내가 무엇을 찾아 헤맸는가를.
쥐어보면 빈 손, 잊어버리고, 내가
어디로 가고 있는지 어디서 내릴지도.

지상에 새롭지 않은 것은 없다

이사할 적에는 새 바람 새 빛을 바랐나보다.
그래서 나는 실망한다, 십칠년 만에 이사한 동네가
옛날에 떠났던 바로 그 동네여서.
그래도 반가워서 이 언덕 저 골목 서성이는데
놀랍구나, 모든 게 이렇게 새롭다니.

아기들이 새롭다, 연립주택 낡은 문을 밀고 나오는.
젊은 엄마들이 새롭다, 뒤따라 나오는 헐렁한 옷 속의.
그루터기가 새롭다, 가지 잘린 플라타너스의.
간판이 새롭다, 새로 단장한 머리방의.

새롭지 않은 것은 오직, 오래되고 낡은 것들 속에서
새로운 것을 찾아 걷는 내 걸음뿐.

비

아내가 고향에 가 묻히던 날은 비가 내렸다
파헤쳐진 붉은 흙이 빗물에 흘러내리는 산비알
차일 속에서 아낙들은 국을 푸며 찔끔댔다
젊은 남편의 무능과 용렬을 탄식하면서.
그날도 비가 왔다 철없는 짓거리에
대들기도 부끄러워 스스로 자술서에 도장을 찍고
아무렇게나 유치장 마루에 널브러지던
도시의 소음이 그리움으로 다가오던 밤도.
비가 내렸다 그녀와 헤어지던 그 가을
무력한 내 손에 꽂히던 연민과 경멸의 눈빛
머리칼이 젖고 목덜미가 젖고 나뭇잎이 젖고
우리들 오랜 떨림과 기쁨이 젖고.
그가 죽던 날도 비가 내렸다 두려워서 너무
두려워서 잊어버리자고 그를 잊어버리자고
멀리 도망가 숨어서 울던 날
그의 말을 잊어버리자며 얼굴을 잊어버리자며.

그날도 비가 오리라 내가 세상을 뜨는 날

벗어놓고 갈 헌 옷과 신발을
허위와 나태의 누더기를
차고 모진 빗줄기로 매질하면서

무엇일까, 내가 두려워하는 것들이

무엇일까 저 아름다운
풍경 속에 들어가 숨어 있는 것들이.
학교 마당 플라타너스 가지 사이에
디딜방아 확 속에, 찬가게 마루 끝에 숨어서
짐짓 모른 체 외면하는 나를
빼꼼히 올려다보며 킬킬대고 웃는 것들이.
반들거리는 들쥐새끼처럼 눈을 빛내며
꼬리를 흔들고 귀를 쫑긋대는 것들이.
깡총 그림 속에서들 빠져나와
두려워서 층계로 도망쳐 내려오는
내 어깨와 가슴팍에 달라붙어
나를 모르겠느냐며 간질이고 꼬집는 것들이.
온통 골목과 길바닥에 널려 있는 것들이.
벽 틈과 창 뒤에 숨어 있는 것들이.

流配

한번 강을 건너와서는 다시 돌아가지 않았지요
이곳에서 새롭게 삶을 일구고 사랑을 만들었답니다
여기가 지상에서 가장 아름다운 땅이라 알면서요
옛날도 옛 고장도 가마득히 잊어버렸어요
목욕을 위해 하늘에서 내려왔다가
돌아갈 옷을 잃어버린 선녀 얘기 따위는 아무도 몰랐
어요

지금 우리는 두려워 떨고 있어요
당신이 입고 돌아갈 옷 여기 있노라 누군가
감추어 두었던 헌 옷을 꺼내놓으면 어쩌나요
돌아가면 우리들은 유배당하는 것이겠지요
그래서 지금 유배당해 있는 것을 모르고
더 멀리 바다를 건너가서는 돌아오지 않을 궁리를 하
지요

사막

갑자기 나는 사방이 낯설어졌다
늘 보던 창이 없고 창에 비치던 낯익은 얼굴이 없다
산과 집, 나무와 꽃이 눈에 설고 스치는 얼굴이 하나
같이 멀다
저잣거리를 걸어도 뜻모를 말만 들려오고
찻집에 앉아 있어도 알아들을 수 없는 말뿐이다

한동안 나는 당황하지만 웬일일까 이윽고 눈앞이 환
해지니
귓속도 밝아지면서

죽어서나 빠져나갈 황량하고 삭막한 사막에 나를 가
두었던 것이
눈에 익은 얼굴과 귀에 밴 말들이었던가
아는 얼굴이 없고 남이 하는 말을 듣지 못해
비로소 얻게 되는 이 자유와 해방감

눈앞에 펼쳐지는 것이

또 다른 사막임을 내 왜 모르랴만

아름다운 열차

우리는 지금 달리는 열차 속에 앉아 있는 거다.
망망한 바다가 보이는 도시에 닿기 위하여
검붉은 장미가 뒤덮은 공동묘지를 지나고 있는 거다.
차 안은 휘황한 불빛, 더러는 열띤 토론을 하고,
더러는 곤한 잠에 떨어지고,
또 더러는 달콤한 사랑에 취해서.

아니, 우리는 지금 어느 산역에 버려져 있는 거다.
요기를 위해 내려 잠시 한눈파는 사이 열차가 떠나
노숙자들이 우글거리는 대합실 한구석에서
좀체 오지 않는 다음 열차를 기다리고 있는 거다.
더러는 불안과 초조로 잠을 설치고, 또 더러는
술과 도박으로 어둠을 잊으면서.

아니, 오지 않는 열차를 기다리기에도 지쳐 마침내
우리는 지금 새로운 열차를 만들 꿈을 키우고 있는 거
다.
스스로들 열차가 되어 서로가 서로를 태우고

바닷가 도시를 지나 더 멀리 달려갈,
아예 하늘로 날아올라 전갈자리 페가수스자리까지 갈
힘차고 아름다운 열차를 만들 꿈을 키우고 있는 거다.

내가 살고 싶은 땅에 가서

이쯤에서 길을 잃어야겠다
돌아가길 단념하고 낯선 처마 밑에 쪼그려 앉자
들리는 말 뜻 몰라 얼마나 자유스러우냐
지나는 행인에게 두 손 벌려 구걸도 하마
동전 몇닢 떨어질 검은 손바닥

그 손바닥에 그어진 굵은 손금
그 뜻을 모른들 무슨 상관이랴

제2부

兒塚

천둥 번개가 치고 큰물이 가면서 산허리를 동강냈다.
벌겋게 내장이 드러났다. 헌 옷가지가 창자처럼 꼬여 있
다. 앙증맞게 작은 뼈와 해골들이 뒤섞여 나온다.

내가 몰래 묻은 불륜의 씨앗들이 달빛에 하얗게 빛
난다.

幽閉

모래가 주저앉으며 고속도로가 무너진다. 언 땅이 녹고 탄탄한 대로가 붕괴된다. 우리들의 꿈이 사막과 동토 위에 놓였었음을 비로소 안다. 뒤늦게 허둥지둥 돌아서지만 금세 길은 토막난다. 자랑스럽게 도처에 만들었던 마을과 도시가 고립하고, 그것들을 버텨주던 공단과 환락가가 섬이 된다.

탕아와 창녀가 돌아갈 수 없는 섬에 갇힌다.

비에 젖는 서울역

쓰다 버린 것들과 남은 것들이 모두 이곳에 와서 모여 있다.

여름이라서 더욱 찬 빗줄기가 떨어져 찢어진 신문지 조각, 먹다 배앝은 음식 찌꺼기들을 축축하게 적신다.

밤이 깊으면서 모두들 옛날을 재연한다, 1987년 그 우렁찬 함성…… 1980년의 육중한 탱크 소리, 비명 소리…… 1960년의 그 빛나던 환호…… 그리고, 아아 1941년, 석탄재 풀풀 날리는 화물칸에 실려 압록강을 건넜지, 그 광활한 외인의 땅……

버린 것들은 버린 것들끼리 술판을 벌이고 남은 것들은 남은 것들끼리 싸움판을 벌여 광장에 작은 지도가 만들어진다, 비에 젖은 눈물에 젖은 이 나라의 지도가.

개미를 보며

새 천년이 된들 무엇이 나아지랴
더 강력하고 더 무자비해진 차바퀴에
더 많이 더 빨리 깔려 죽겠지
사람들은 말하겠지
너희들 진한 땀과 피가 아니었던들
어찌 이 세상이 이만큼 만들어졌겠느냐고
여름 내내 그늘에서 노래로 즐긴 베짱이들이
너희들의 문전을 찾아 구걸하는 그림이 찍힌
낡은 교과서를 뒤적이면서

장미에게

나는 아직도 네 새빨간
꽃만을 아름답다 할 수가 없다,
어쩌랴, 벌레 먹어 누렇게 바랜
잎들이 보이는데야.
흐느끼는 귀뚜라미 소리에만
홀릴 수가 없다,
다가올 겨울이 두려워
이웃한 나무들이
떠는 소리가 들리지 않느냐.

꽃잎에 쏟아지는 달빛과
그 그림자만을
황홀하다 할 수가 없다,
귀기울여 보아라,
더 음산한 데서 벌어지는
더럽고 야비한 음모의 수런거림에.

나는 아직도

네 복사꽃 두 뺨과
익어 터질 듯한 가슴만을
노래할 수가 없다,
어쩌랴, 아직 아물지 않은
시퍼런 상처 등뒤로 드러나는데야,
애써 덮어도 곪았던 자욱
손등에 뚜렷한데야.

눈 온 아침

잘 잤느냐고
오늘따라 눈발이 차다고
이 겨울을 어찌 나려느냐고
내년에도 또
꽃을 피울 거냐고

늙은 나무들은 늙은 나무들끼리
버려진 사람들은 버려진 사람들끼리
기침을 하면서 눈을 털면서

그들의 손

불을 만들겠다던 그들의 손이 내밀어져 있다,
우리들의 손도 힘없이 내밀어져 있다,
때문은 몇장의 지폐를 위해서.

밤이 가기 전에 기차가 지나갈 것이다,
그들의 손과 우리들의 손을 무참히 짓이기면서,
불을 만들겠다는 새로운 손을 위해서. 이윽고,

그 새로운 손들이 힘없이 내밀어질 것이다,
환하게 밝아오는 햇살이 부끄러워,
추한 상처를 옷소매 속에 감추고서.

내 허망한

더 멀리 보겠다고 더 널리 보겠다고
성벽 안에 살면서는 성벽을 허물려 무진 애를 썼지만,
성벽이 무너진 지금은 또 그것을 쌓으려 안간힘을 다
한다.

새가 되어 공중으로 훨훨 날아갈까 두려워서, 내가
나뭇잎처럼 팔랑팔랑 허방으로 떨어질까 두려워서.

遁走

역사에서는 노숙자들이 여전히 신문지를 덮고 누워
자고
지하도 입구에서는 다리 없는 노파가 오늘도 손을 벌
리고 엎드려 있다
대형 멀티비전에서는 화사하게 차려 입은 젊은이들이
가볍고 행복한 새 세상을 구가하고

청소부들이 모닥불에 검은 손을 쬐고 있다
모두들 새 천년의 첫 해맞이를 위해 동해로 달려간
정월 초하루 청량리 역전에서

제3부

뿔

사나운 뿔을 갖고도 한번도 쓴 일이 없다
외양간에서 논밭까지 고삐에 매여서 그는
뚜벅뚜벅 평생을 그곳만을 오고 간다
때로 고개를 들어 먼 하늘을 보면서도
저쪽에 딴 세상이 있다는 것을 알지 못한다

그는 스스로 생각할 필요가 없다
쟁기를 끌면서도 주인이 명령하는 대로
이려 하면 가고 워워 하면 서면 된다
콩깍지 여물에 배가 부르면
큰 눈을 꿈벅이며 식식 새김질을 할 뿐이다

도살장 앞에서 죽음을 예감하고
두어 방울 눈물을 떨구기도 하지만 이내
살과 가죽이 분리되어 한쪽은 식탁에 오르고
다른 쪽은 구두가 될 것을 그는 모른다
사나운 뿔은 아무렇게나 쓰레기통에 버려질 것이다

隣人

핏기 없는 그 얼굴이 싫어서 초점 없는 그
눈동자가 싫어서 나는 멀리 달아난다
그들과 내가 같지 않음을 기뻐하면서 축 처진
어깨들을 증오하면서 굽은 다리들을 증오하면서

그리워서 어눌한 그 말씨가 그리워서
자칫 울음이 되는 그 웃음이 그리워서
나는 돌아온다 내 속에 들어앉은 그들을
확인하면서 새롭게 그들 속에서 나를 찾으면서

다시 떠난다 들쥐처럼 이리저리 몰리는 그
변덕이 미워서 옆눈질 곁눈질이 미워서
그들 속에 섞인 나를 증오하면서 끝내
그들을 떠나지 못하는 나를 증오하면서

너무 쉽게 그들을 버리는 나를 증오하면서

맹인

사물이 눈으로 들어오는 것을 그는 완강히 거부한다
귀로 듣고 손으로 느낀 것들을 꿈으로 빚어
선을 긋고 색깔을 칠하여 제 안에 사물을 만든다

그가 죽는 날 그것들은 밖으로 나올 것이다
잠시 세상의 것들과 너무 다른 데 당황하겠지만
죽어 있다고 체념하고 있던 세상의 것들이 이윽고

팔팔 살아서 뛰는 그것들을 닮아갈 것이다 세상을
보지 못하는 꿈이 만들어 오히려 살아 있는 것들이
거꾸로 세상을 아름답게 바꾸어갈 것이다

개

　서라면 서고 앉으라면 앉았다. 가라면 가고 오라면 왔
다. 쫓으라면 쫓고 물라면 물었다. 그러다가,

　나이들어 기운이 빠지자 주인은 그를 개장수한테 팔
았다. 그리고 그는 살과 뼈가 따로 추려져 탐욕스러운
사람들의 식탁에 올랐다. 주인도 끔찍이도 사랑하던 제
개의 고기를 먹으며 자못 흡족했다.

　그 개는 죽어서 헐값의 가죽밖에 남긴 것이 없다. 가
죽보다 더 값진 교훈을 남겼다는 거짓과 함께.

銀河

놈은 닥치는 대로 집어삼키는 거대한 고래다
책과 텔레비전과 냉장고를 삼키고 승용차를 삼키더니
종당에는 마을을 삼키고 사람들마저 삼켜버렸다
마침내 우리는 놈의 뱃속에 들어앉았다
놈이 기우뚱대는 대로 이리 몰리고 저리 몰리고
나둥그러지고 엎어지고 서로 대갈받이하고

감히 누가 쇠꼬챙이를 갈아 장벽(腸壁)을 찌르거나
종이 따위 인화물질을 모아 불을 지를 엄두를 내랴
재채기를 해서 우리를 토해내게 하기에 앞서
놈이 더욱 요동칠 것이 두려운데
그 사이 부패물에 섞여 우리 몸은 서서히 썩어가겠지
하늘 저 높은 데서 또 은하는 더욱 푸르고

말을 보며

눈을 떠라 네 눈을 통해 네 속으로 들어가마
네 속에 들어가 네 기억을 타고 멀고 달콤한 여행을
떠나마
황량한 초원을 질주하고 다시 고량밭 옥수수밭도 내
달리마
너와 함께 서서 지평선에 지는 방석만큼 큰 해도 보고
낯선 거리를 짓누르는 둔중한 찻소리도 들으마
양철 차양에 듣는 빗방울 소리에 귀도 세우고
마방집 떠들썩한 술추렴에도 코를 벌름거리마
네가 눈을 감으면 나는 네 속에 갇힐 것이다
나갈 수가 없어 비로소 자유로워질 것이다
부끄러움도 뉘우침도 사라질 것이다

乞人行 1
손

완강히 거부하다가 너는 마침내 눈을 벌리고 나는
그 눈을 통해 너의 내부 깊숙이 들어간다

그리고는 너의 과거 속을 유유히 헤엄친다
환한 보름달빛이 드러내는 끈끈한 정사도 엿보고
푸른 이슬에 함빡 젖은 이별도 구경한다

뜨겁고 치열했던 장바닥에서의 삶도 따라가 보고
갑자기 닥친 나락으로의 추락도 함께 경험한다

그만 밖으로 나갈 때가 되었다 더듬어 문을 찾지만
눈은 철문처럼 닫혀 있구나 네가 죽었으므로
손으로 두드리고 발로 차도 감긴 눈은 꼼짝 않는다
나는 단념하고 너의 내부에서 살아갈 궁리를 하지만

이 안타까운 구걸의 소리는 아직도 너의 것이리
한장의 구겨진 지폐를 위해 내밀어진
꼬질꼬질 때묻은 손도 너의 것이리

乞人行 2
육교

엎드려 손을 내민 채 너는 종일 미동도 않는다
손바닥에 지전이나 동전이 떨어지면
굼뜨게 손을 놀려 그것을 주머니로 옮겨놓을 뿐이다
사람의 능력과 이상을 비웃는 몸짓이다

이윽고 밤이 와 인적이 끊기면 너는 육교에서 내려
오고
순간 절뚝절뚝 육교는 지상에서 사라진다
그 사이 요란한 거짓말과 풀죽은 구호가
그 자리에 들어앉는 것을 보는 사람들은 본다

네 후광을 이루었던 도시의 실루엣도 함께 잠식하
면서

乞人行 3
꿈

느릿느릿 걸어갈 거야 어느 먼 도시에 가서
양지쪽에서는 짐짓 벽에 기대어 다리도 쉬고
열려 있는 문 있으면 기웃기웃 들여다도 보면서
마주치는 눈과는 웃음도 주고받고

해 저물면 낯선 사람들 사이에 섞여
왁자지껄 생맥주로 목을 축이고
허름한 여관을 찾아들면 창에 달빛이 가득하겠지
나는 꿈을 꿀 거야 예까지 걸어온 먼길을 되돌아가는

내가 걸어온 길이 다 아름답게 보일 거야 꿈속에서
서두를 것도 바쁠 것도 없이 걸어가면서 보면

겨울날

우리들
깨끗해지라고
함박눈 하얗게
내려 쌓이고

우리들
튼튼해지라고
겨울 바람
밤새껏
창문을 흔들더니

새벽 하늘에
초록별
다닥다닥 붙었다

우리들
가슴에 아름다운 꿈
지니라고

제4부

불

  백중날이면 앞장을 서서 버꾸를 치고 상모를 돌리던
양조장 배달부며, 평소에는 굼뜨다가도 운동회날 장거
리 달리기에서는 매번 맨 먼저 운동장으로 달려 들어오
던 수리조합 급사며, 그들의 작은 토막집들을 막은 판자
를 타고 오르던 보랏빛 나팔꽃이며, 큰 소리로 웃고 떠
들며 물을 긷는 그 아내들의 검은 발을 적시던 아침이슬
이며……

  나는 물이 있다고 믿었다. 땅 속을 흐르다가 문득 지
각을 뚫고 솟아올라 사라진 것이나 죽은 것들을 싱그럽
게 적셔 되살리는. 그러나 어쩌랴,

  뻔질나게 미장원엘 드나들어 파마라는 별명이 붙었던
양조장집 딸이며, 결혼날짜를 받아놓고는 한밤에 동료
교사와 줄행랑을 놓던 교장의 딸이며, 꾸 꾸 꾸 안개 속
에서 구렁이소리로 울던 비둘기며, 비둘기 울음을 좇아
강물 속으로 들어간 그 에미며, 햇살을 따라 언덕으로
꿈틀꿈틀 기어오르던 강 안개며……

이 모든 것들이 하얀 잿가루로 펄 펄 펄 공중에 날린
들. 물 대신 불이 있어서, 그리운 것이며 따듯한 것들을
깡그리 태워 없애는 불이 있어서.

  내 형해조차 남기지 않고 태워 없앨
  이 지상에는 불밖에 없어서.

편지

형수가 차려주는 밥 아니면 먹지 못해 오밤중에라도 꼭 저녁밥 찾아 먹고 가던 삼촌이 반가워합디까?

며느리 바깥에 내보내지 않겠다고 극성스럽게 도랑물을 집안으로 끌어들여 올갱이도 주워다 깔고 미꾸리도 기르던 할아버지는 무얼로 소일합디까?

아버지는 거기서도 술 마시고 마작을 하던가요? 친구들 떼로 몰고 와 술상 차리라고 떼쓰는 버릇도 여전하던가요?

툭하면 됫박 들고 와서 보리쌀 꾸어가며 눈물을 찔끔거리던 서당숙모, 마차집 아들과 배가 맞아 줄행랑을 놓았다가 돌아와 아들 하나 데리고 큰 당숙 눈칫밥 먹고 사는 당고모, 친정 출입 다시는 않겠다고 일년이면 열두 번 맹세하면서도 친정집 가게 뒷방을 좀체 떠나지 못하

던 석유가겟집 재당고모…… 모두들 모였을 테니 꽤나
소란스럽지요?

2

　이승에서 밤낮 얼굴 맞대고 떠들고 위해주고 다투던
사람들 거기 가서 다 만났을 테니
　이승에서 띄우는 내 편지 어머닌 펴볼 겨를도 없을
게다

강 저편

장되쟁이는 침방울을 튕기며 이승 얘기를 하고
할머니는 맞장구로 빈 잔을 채울 거야
할아버지는 돋보기 너머로 식물도감을 훑고
아버지는 조합 숙직실에서 마작으로 밤을 새우겠지
아내는 오늘도 뜨개질을 할까
대추나무에 와 걸리는 바람소리에도 몸을 떨며
친구들은 누룩이 뜨는 밀주집 뒷방에서
화투판 투전판으로 나를 유혹하고

저승인들 무어 다르랴 아옹다옹 얽혀 살던
내 가족 내 이웃이 다 거기 가 살고 있는데

저 소리는 어디에서

다리도 못 펴고 누워 있는 초췌한 몸 속에서 나오는
소리가 아니다
미라가 다 되어 마지막 숨을 몰아쉬는 육신 속에서 나
오는 소리가 아니다
이승과의 인연을 외면하여 밀폐된 검은 관 속에서 나
오는 소리가 아니다
드디어 뗏장이 입혀진 어둡고 축축한 무덤 속에서 나
오는 소리가 아니다

나비가 떼지어 나는 소리도 함께 들리는
가지각색 꽃들의 빛깔과 향기도 따라 보이는

"어머니" 부르면 "그래" 대답하는 저 맑고 담담한 소
리는

한 오백년 뒤의

한번도 나만의 나로 산 일이 없어서.
할아버지와 할아버지의 할아버지와,
할머니와 할머니의 할머니가
늘 내 속에서 함께 살아서.
내 생각을 지배하고,
내 감정을 다스리고, 사랑하고 미워하면서,
서로 다투고 화해하고 다시 다투면서.
내 일생은 이들을 내 속에서 몰아내는
싸움, 이들로부터
도망치려는 뜀박질.

그러는 사이 어언 예순을 넘겨, 이제
지치고 지쳐서 내 안에서 제 각각 살아 있는
할아버지와 할아버지의 할아버지와
할머니와 할머니의 할머니를 멀거니 바라보다가,

멀거니 바라보다가 그들 사이에서 찾아낸다,
먼먼 할아버지를 좇아 조랑말을 타고 고개를 넘는

한 오백년 전의 나를.
내가 그 안에 들어가 살 한 오백년 뒤의,
나를 몰아내기 위해 안간힘을 다해 싸우고
나로부터 도망치려고 힘껏 뜀박질을 하는
한 오백년 뒤의 나를.

까페에 앉아 K331을 듣다

어두운 찻집의 구석자리가 보인다
좁쌀술을 파는 그 앞 선술집이 보인다
얽빼기 주모의 욕지거리가 들린다
콜록콜록 친구의 기침소리가 들린다
술기운을 빌려 함께 찾아 들어간
질척이는 골목이 보인다
대낮에 30촉 전등을 켠 구석방이 보인다
우기가 아닌데도 눅눅한 이부자리가 보인다
두려워 떨던 시골 소녀가 보인다
위선의 검은 보자기를 뚫고 솟아오르던 내
억압된 욕망의 환성이 들린다
다시는 이런 일이 없으리라
지워버리자고 도망치며
수없이 되뇌던 혼잣말이 들린다

옛날의 그 모짜르트의 선율을 따라가니

연어

자네 아버지는 그렇게 죽었지,
동네 큰 마당에서 몰매에 맞아.
거적때기에 덮여 공동묘지로 가던 날,
마을은 집집마다 문을 닫아 걸었네.
어머니가 자네 업고 신새벽에 떠나자
집에는 불을 질렀지, 이 마을의
재앙 이걸로 영원히 떠나라면서.

알 수가 없네, 자네가 돌아온 속내
영 알 수가 없네. 살다 보니
원한도 그리움이 되던가? 센 물살
어렵게 거슬러 올라오다가, 잊었다고?
미움도 아픔도 다 잊었다고?
아무렴 알을 낳으렴,
연어보다 더 아름답고 빛나는 알을.

활엽수

소꿉동무의 눈웃음이 있다, 내게 삼잎을 말아 피우는 법을 가르치던 고사리 손이 있다, 문구멍을 뚫어 젊은 신혼방을 훔쳐보던 샛별처럼 빛나는 눈이 있다, 이웃집 누나의 노랫소리가 있다, 저녁 이슬을 머금은 브라우스 밖의 하얀 목덜미가 있다, 교정에서 환한 달빛 아래 덜 익은 나의 성을 꽃봉오리로 피우던 뜨거운 숨결이 있다, 친구의 술주정이 있다, 언젠가는 오리라는 새 세상에 대한 헛된 꿈이 있다, 눅눅한 유치장에서 힘없이 들어 보이던 야윈 주먹이 있다, 어둠속에.

손을 뻗으면 고사리 손이 만져진다,
매끄러운 다리가 만져지고 야윈 주먹이 만져진다,
당기면 끌려나올 것이다, 나와서는 빛 속에서
활엽수들처럼 싱싱하게 살아날 것이다.

나를 뒤덮고 세상을 뒤덮을 것이다.

바람

산기슭을 돌아서 언 강을 건너서 기름집을 들러 떡볶
이집을 들러 처녀애들 맨살의 종아리에 감겼다가 만화
방도 기웃대고 비디오방도 들여다보고

큰길을 지나서 장골목에 들어서서 봄나물 두어 무더
기 좌판 차린 할머니 스웨터를 들추고 마른 젖가슴을 간
질이고 흙먼지를 날리고 종잇조각을 날리고

가로수에 매달려 광고판에 달라붙어 쓸쓸한 소리로
축축한 소리로 울면서 얼어붙은 거리를 녹이고 팍팍하
게 메마른 말들을 적시고

비

江邑記 1

강을 향해 통창을 낸 찻집이 새로 생겼다. 날이 꾸물거려 페인트 냄새가 짙은 홀에는 오전 내내 손님이 없다. 중년의 마담이 카운터에 앉아 졸다가 깨어 모짤트를 브람스로 바꿔놓는다. 구름처럼 어두운 색깔의 옷을 입은 우체국 여직원 둘이 들어와 앉는다. 퇴직 군수가 마담을 불러 앉히고 차 두 잔을 시킨다. 문밖에 세워놓은 오토바이가 습하다.

돌아오는 길에서 비를 만난다. 추녀 끝에 들어가 긋는다. 메기와 모래무지가 자배기에 가득한 민물생선가게 앞이다. 강비린내가 비에 묻어 퍼진다. 메기를 달아 파는 늙은 주인한테서도 그것을 사는 젊은 여자한테서도 강비린내가 난다. 나는 그 강비린내가 싫어서 빗속으로 달려 나오지만 강비린내는 빗속에서 더 짙다.

꿈
江邑記 2

　밤낚시를 하는 젊은이들을 따라가 옛나루 근처에 천막을 쳤다. 자정이 되어도 붕어 한마리 안 물려 낚시는 낚시대로 두고 소주 잔치를 벌였다. 새까만 산그림자가 물가를 덮었다. 소쩍새가 울었다. 그때 한 손님이 찾아왔다. 이곳에서 마흔해를 낚시질로 보냈다 한다. 그에게는 고기를 낚을 낚싯대도 없고 고기를 담을 종다리도 없다. 술잔을 주고받던 끝에 잠시 잠이 들었다 깨니 그는 이미 가고 없다.

　그를 보았다는 사람도 없다.

城
江邑記 3

그림을 그리는 여학생이 놀러 왔다. 돌아다니며 시골 장터만 그린다 한다. 함께 오일장을 구경하다가 폐교된 소학교 분교장을 얻어 그릇에 꽃만을 그려 넣는 젊은 도공을 만났다. 산성엘 올랐다. 산성에는 꽃이 피어 있고 또 장터도 보였지만, 여학생은 장 얘기만 하고 젊은 도공은 꽃 얘기만 했다.

산토끼
江邑記 4

새로 난 동물병원 원장은 다리를 절고 그 앞 피자집은 늘 산토끼처럼 입을 오물거리며 피자를 먹는 아이들로 가득하다. 원장은 안개 자욱한 산책길에서 병든 산토끼를 주워왔다. 일주일 내내 정성을 다해 돌보니 산토끼는 아이들처럼 씩씩해졌다. 차에 태워 유원지 깊숙한 곳까지 가서 산으로 돌려보내는 날은 내가 동행을 했다. 다음 다음날 산토끼는 되돌아왔다. 네가 살 곳은 산이라고, 그래서 차에 태워 다시 유원지에 갖다 풀어놓았지만 또 돌아왔다. 또 차에 실으려고 찾으면 지하실로 피해 달아나고 옥상으로 도망가 숨는다 한다. 아무래도 토끼가 도시 속에서는 불행할 것 같아 온갖 노력을 다하다가 마침내 그는 포기했다. 토끼가 아이들 속에 들어가 숨어서 아이들처럼 오물거리며 피자를 먹고 있어서다. 새로 난 동물병원 원장은 다리를 절고 그 앞 피자집은 늘 제가 살던 산을 버린 산토끼들로 가득하다.

제5부

빛
보고타에서

저녁 노을이 유리창을 빨갛게 채색한다 어둑어둑 열
대의 울창한 가로수 그림자가 실내에 드리운다…… 이
제 밤이 오리라…… 하늘에 십자성이 뜨고 이름모를 새
들이 울어쌓겠지……

서울을 생각하며 을씨년스럽게 웅크린 내 눈앞이
문득

환해진다

한아름 크리산디멈*을 들고 들어와

잉어무늬 일본 꽃병에 꽂는 소녀의 무릎이 하얗다 샌
들을 신은 맨발에

저녁 이슬이 묻어 있다 젖은 입술에 웃음이 밝다

이윽고

온 실내가 빛으로 일렁이더니 온통 실내가 흔들리기
시작한다 꽃병도 흔들리고 꽃병에 꽂힌 꽃도 흔들린다
다탁도 의자도 들썩인다 을씨년스럽게 웅크렸던 나도
흔들리고 파란 눈의 소녀도 들썩인다

소녀로부터 솟은 빛이 세상을 흔들고 있다

*키 큰 山菊의 일종

少女行 1
호치민에서

갑자기 소낙비가 쏟아졌다.

 백여명 혼다를 타고 가던 소녀들의 날씬한 허리와 어깨가 하얀 아오자이 위로 발갛게 드러났다. 파파야 같기도 하고 망고 같기도 한 짙은 향내가 온통 거리를 메운다.

 나는 어지러워 잠시
이마를 짚고 빗속에 쭈그리고 앉는다.

少女行 2
하노이에서

그녀의 아버지는 씨클로에 외국사람을 싣고
신나게 거리를 내달리고 있을 거야.
오빠는 돈 많은 먼 나라에서
굴욕적인 헐값에 노동을 팔고.
할아버지는 디엔비엔푸 전선에서
팔 하나를 잃은 사람, 할머니는
미라이 마을에서 더 값진 것 빼앗긴 사람,
이웃과 함께 구지 땅굴을 파고
외국군대를 몰아냈지만.
그녀의 어머니는 수예품을 들고
관광객을 잡고 적선을 구걸하고 있을 거야.

하지만 누가 감히 말하랴, 이것이 그녀가
열대의 꽃처럼 눈부신 까닭이라고,
익은 과일처럼 향기 짙은 까닭이라고,
정글의 짐승처럼 날렵한 까닭이라고.

신의주
丹東에서

낮은 지붕들이 처마를 맞댄
골목으로 들어가면 대포집이 보일 거야
판자문을 밀고 들어서면 자욱한 담배 연기
돼지고기가 타고 두부찌개가 끓고
어디서 본 듯한 깊은 주름들
귀에 익은 웃음소리
손을 흔드는 사람도 있겠지
오래간만이라고 왜 이제서 왔느냐고
다가와 잡는 손들도 있을 거야
나는 울지 않을 거야
마디마다 기름때가 낀
못 박인 거친 손들을 잡더라도

강 건너 남쪽
圖們에서

눈을 감고도 나는 찾아 갈 수가 있다,
장골목을 지나면 양조장,
뿌연 저녁 연기 속, 된장국 끓는 냄새,
밥 먹으라고 아이를 부르는 소리, 대문 여닫는 소리,
반찬가게 주인 아주머니 호들갑스런 웃음소리,
휘파람 소리, 라디오 소리,
그 끝에 집앞 가로수까지 반들거리는 기름집……

고향보다도 더 눈에 선한 강 건너 남쪽
텅 빈 소도시의 저녁 하늘에
노을이 발갛다.

추석
集安에서 1

두엇 등불 가물거리고
개도 멀리서 컹컹 짖고
보름달은 하늘 높이 떠 있고
둥근 달을 안고
검은 강물은 유유히 흐르는

아침에는
햅쌀로 빚은 송편 놓고
차례도 지냈을
쑥부쟁이 흐드러진 산길을 걸어
성묘도 했을

그 강 건너가
궁금해서

말이 통하지 않는
압록강가 선술집에 앉아
추석이라고 특별히 내놓는 월병에

목에 넘기는 고량주가
쓰다

이웃 아낙네들
長白 가는 길에

강 저편에서 아낙네 둘이
빨래를 하고 있다
강 이쪽에서 우리들은
강물에 손을 담그고

물이 깊습니까
아주 깊습네다
지금 건널 수 있습니까
큰일납네다 강이 얼문 건너 오시라요
가면 점심 주시렵니까
그라문요
……
어데 가십네까
백두산 갑니다
백두산 아주 멉네다

귀에 익은 목소리
눈에 익은 몸짓

남한강 덕포나루에서
낙동강 밤마리나루에서
강 건너로 보던

고구려 벽화
集安에서 2

성벽 위에는 분홍빛 코스모스
성벽 밑에는 수박을 파는
키가 크고 머리가 긴 소녀
수박 잘 익었어요?
우리말을 알아들을 것 같은데
웃으면서 손가락만 두 개 들어 보인다
당신도 고구려 후손인가요?
못 알아듣는다는 시늉으로 두 손을 젓는다

일 위엔짜리 두 장을 주고 수박을 사자
소녀는 셰셰를 연발하고

소매 없는 티셔츠에는
피리를 불며 하늘을 나는 고구려 적
선녀의 그림이 또렷하다

강은 가르지 않고, 막지 않는다
압록강에서

강은 가르지 않는다.
사람과 사람을 가르지 않고
마을과 마을을 가르지 않는다.
제 몸 위에 작은 나무토막이며
쪽배를 띄워 서로 뒤섞이게 하고,
도움을 주고 시련을 주면서
다른 마음 다른 말을 가지고도
어울려 사는 법을 가르친다.
건넛마을을 남의 나라
남의 땅이라고 생각하게
버려두지 않는다.
한 물을 마시고 한 물 속에 뒹굴어
이웃으로 살게 한다.

강은 막지 않는다.
건너서 이웃땅으로 가는 사람
오는 사람을 막지 않는다.
짐짓 몸을 낮추어 쉽게 건너게도 하고,

몸 위로 높이 철길이며 다리를 놓아,
꿈 많은 사람의 앞길을 기려도 준다.
그래서 제가 사는 땅이 좁다는 사람은
기차로 건너 멀리 가서 꿈을 이루고,
척박한 땅밖에 갖지 못한 사람은
강 건너에 농막을 짓고 오가며
농사를 짓다가, 아예
농막을 초가로 바꾸고
다시 기와집으로 바꾸어,
새 터전으로 눌러 앉기도 한다.

강은 뿌리치지 않는다.
전쟁과 분단으로
오랫동안 흩어져 있던 제 고장 사람들이
뒤늦게 찾아와 바라보는
아픔과 회한의 눈물젖은 눈길을
거부하지 않는다.
제 조상들이 쌓은 성이며 저자를

폐허로 버려둔 채
탕아처럼 떠돌다 돌아온
메마른 그 손길을 따듯이 잡아준다.
조상들이 더 많은 것을 배우기 위하여
더 좋은 세상을 만들기 위하여
수없이 건너가고 건너온
이 강을 잊지 말란다.

강은 열어준다, 대륙으로
세계로 가는 길을,
분단과 전쟁이 만든 상처를
제 몸으로 씻어내면서.
강은 보여준다,
평화롭게 사는 것의 아름다움을,
어두웠던 지난 날들을
제 몸 속에 깊이 묻으면서.

강은 가르지 않고, 막지 않는다.

흘러라 동강, 이 땅의 힘이 되어서

저 아름다운 비술나무와 돌단풍들이
팔과 다리를 옴츠리고 죽어가게 해서는 안된다
산마루에 우뚝 솟은 소나무와 굴참나무들이
독한 냄새에 콜록콜록 기침을 하게 해서는 안된다
천년 우리의 땀과 눈물이 밴 우물가와 방앗간 터가
돌이킬 길 없는 어둠과 죽음에 묻히면 다시는
황조롱이도 비오리도 찾아와 날지 않으리라
고여 썩는 물 속에서 숨을 헐떡거리며
우리에게 보낼 어름치와 묵납자루의
원망스런 눈길이 보이지 않느냐
우리들의 노래가 칙칙한 물속에
손발을 늘어뜨린 채 쓰러져 있게 해서는 안된다
기쁨과 슬픔의 이야기들이
죽음으로 널브러져 있게 해서는 안된다
더 많은 물을 얻어 더 잘 살기 위해서라지만
따뜻한 동굴과 포근한 강변을 물에 묻어
천년을 함께 살아온 반딧불이와 수달이
날개를 늘어뜨리거나 어깨가 처져서

갈 곳 없어 비슬거리게 해서는 안된다
이 나라에 넘치는 땅의 향기가
갑자기 악취로 바뀌어서는 안된다

더 많은 것을 낳으면서 더 많은 것을 기르면서
더 많은 것을 살리면서

흘러라 동강, 이 땅의 힘이 되어서

시인이란 무엇인가

집으로 배달돼오는 시집이 하루에 꼭 한두 권은 된다. 계간지 등 시 전문지에 실린 시와 동인지까지 포함하면 내가 하루에 읽을 시는 백 편을 넘는다. 부담되는 분량이다. 하지만 나는 가능한한 읽는다. 물론 전부 읽을 수는 없다. 시집의 경우 대표작으로 보이는 몇편을 뽑아읽고 전문지 등 잡지에 실린 시는 평소에 관심을 가졌던 시인의 작품을 주로 읽는다. 몇편 뽑아읽는 것으로 치우고 마는 시집도 적지 않다. 생동감도 활기도 없는 시집을 끝까지 읽을 인내심은 내게도 없다. 그러나 시를 읽는 즐거움을 어느정도 맛보게 해주는 시집도 적지 않다. 그중에서도 정말 괜찮다, 그럴듯하다고 생각되는 시집이면 따로 빼두었다가 뒷날 다시 읽는다. 일년이면 이런 시집이 적어도 열댓권은 된다. 전문지, 잡지, 동인지에서도 이런 시는 종종 발견된다. 한데 그 다음이 문제다.

가령 일주일이나 한달 뒤 그 시집을 다시 읽으면 괜찮기는 한데 무언가 울림을 주지 못한다. 최근에 읽은 시집이 거의 그렇다. 왜 그럴까, 생각해보니 우선 시를 너무 '만들어서' 그런 것 같다.

지금 '시란 씌어지는 것이고 시인이란 태어나는 것이다'라고 말했다가는 웃음거리가 되기 십상이다. 시란 만드는 것, 이것이 오늘의 시인 누구나 가지고 있는 시에 대한 생각이고, 시인 역시 만들어지는 것이라고 모두들 말하고 있다. 노력하면 누구나 다 시를 쓸 수 있고 시인이 될 수 있다는 것, 이것이 재능을 의심하면서도 시를 공부하거나 계속 시를 쓰는 많은 사람들의 위안이 되는 소리요, 또 부분적으로는 맞는 소리이기도 하다. 조금 양보하여, 셰익스피어와 동시대인으로 셰익스피어를 연구한 벤 존슨(Ben Jonson)의 말을 인용, "시인이란 태어나기도 하지만 만들어지기도 한다"라고 말을 해도 구닥다리 소리를 면하기 어렵다.

'왜 시인은 피아니스트가 건반을 두드리는 손가락이 안 보일 정도로 쌓는 훈련을 안 쌓아도 된다고 생각하는가?'라고 한 어떤 시인의 질문이 본래의 취지와는 다른 쪽으로 편리하게 인용되기도 한다. 하지만 문제는, 만들어도 억지로 만든다는 데 있다. 자연스러운 데가 없다는 뜻이다. 처음 읽을 때는 눈에 쉽게 띄지 않다가도 다시 읽으면 억지가 확연히 눈에 드러나고 또다시 읽으면 바느질자국까지 보인다. 나 자신 높이 평가한 바 있는 꽤 반응이 좋았던 어떤 시집은 처음 읽을 때는 참 근사하다는 느낌을 받았지만 다시 읽으니 싫증이 나고 또다시 읽으니 지겨워졌던 근래의 경험을 가지고 있지만, 자연스럽지 못하다는 것, 이것은 오늘의 우리 시에 거의 공통되는 것 같다. 젊은 시인이나 중견이나 마찬가지로, 세상의 흐름이 튀는 쪽으로 가는 것과 무관하지 않겠으나, 이는 요즈음 시인들이 정말 좋은 우리 시를 제대로 읽지 않은 결과라는 한 평자의 말은 귀담아들어야 할 것 같다. 한편 요즈음의 시에서 리듬을 찾아보기 어렵다는 말들도 하지만, 이 또한 시가 자연스럽지 못한 데 연유하는 것임은 더 말할 것도 없을 것이다.

시를 억지로 만들다보니까 오늘의 우리 시 중 많은 것들이 말장난으로 시종하고 있다. 물론 시에는 말장난이라는 요소가 분명히 있다. 말을 가지고 하는 예술에서 말을 가지고 장난을 치고 싶은 유혹은 누구에게나 있을 것이다. 또 그것은 그 나름으로 매우 의미있고 재미있는 시적 동력이 될 수도 있으리라. 하지만 그 말장난이라는 것이 "이걸 몰랐지" 식의 천박한 발상에 그치거나 질 낮은 개그의 수준을 넘어서지 못한다면 제대로 된 말장난이라고 할 수 없다. 말장난 자체가 적어도 시에서라면 읽는 사람에게 즐거움을 주어야 하며 그 즐거움은 분명 천박한 발상이나 질 낮은 개그에서 오는 것과는 차이가 있기 때문이다. 더구나 말은 경험의 축적이요 그 구체화로, 말장난에도 삶의 무게가 실려야 한다. 한데 요즈음 시들의 말장난에서는 그것을 찾아보기 힘들다. 삶과는 아무 관계 없는 말들을 이리저리 뒤바꾸고 돌리고 비틀고 해서 말의 난장판을 만들어놓을 뿐이다. 젊은 시인이라면 모험심도 있고 감각에 의존하는 경우도 많으니까 또 이해가 될 법도 한 일이다. 한데 나이 많은 시인들이 젊은이 흉내를 내며 경박한 말장난에 동참하는 것은 정말 역겹다. 이는 새로운 것을 향한 탐구정신에서 비롯되는 것이 아니라 독자와 문학저널리즘에의 영합의 결과에 지나지 않는다.

잇대어 생각나는 것은 가벼움이다. 가벼움이 우리 민족성과 맞는다는, 그래서 인터넷 시대는 바로 우리 시대이기도 하다는 우스개도 있지만, 요즈음의 우리 시(시뿐 아니라 문학 전반에 걸친 현상이지만)는 너무 가볍다. 또 너무 쉽게, 너무 함부로들 시를 쓴다. 설명할 것도 없이 이는 7, 80년대의 이른바 민중시의 무거움에 대한 반동의 결과라는 측면이 강하다. 민중시인이란 시 하면 얼굴부터 근엄하고 엄숙해지는 웃음이 없는 시인이라는 야유도 받은 바 있지만, 사실 7, 80년대의 민중시

또는 사회시로 불리는 시들은 쓸데없이 무거웠다. 분단현실을 다루지 않은 시가, 혹은 노동문제를 다루지 않은 시가, 또는 권위주의에 저항하지 않는 시가 어찌 이 시대의 시일 수 있겠는가라는 문학 안팎의 채찍질과 서슬퍼런 눈초리 앞에서 시인들의 상상력이 한껏 위축되었던 탓인지도 모르겠다. 이 통에 마치 앞서 말한 것들만 다루면 다 시가 된다는 잘못된 잣대에 따라 불량품이 대량으로 생산되기도 했다. 80년대말, 안으로는 권위주의가 패퇴하고 밖으로는 사회주의가 몰락하자 이 잣대는 하루아침에 폐기되고 그 자리에, 앞서의 내용을 다루지 않은 것만이 좋은 시, 나아가서 현실을 다루지 않아야 새로운 시대의 시가 된다는 통념이 들어서게 된 것이 말하자면 가벼움의 시의 출발점이 된다. 7, 80년대의 민중시는 실제로 반성할 대목이 많다. 과연 그 시들 가운데서 좋은 시로 우리 문학사에 남아 독자의 사랑을 받을 시가 몇편이나 될까. 첫번째로 반성할 것은 일제시대의 카프 시를 거울로 삼지 못했다는 점이다. 카프 시가 역사적·사회적으로 한 역할이 과소평가되어서는 안된다. 하지만 그 많은 카프 시 가운데 오늘 우리에게 기억되는 시는 몇편이나 되는가. 임화(林和)의 시를 제하면 박세영(朴世永)이나 이찬(李燦) 그리고 권환(權煥)의 시가 있을 정도다. 물론 임화는 말할 것도 없고 박세영이나 이찬, 권환 다 뛰어난 시인들이다. 예컨대 북쪽으로 올라가 「김일성 장군의 노래」를 쓴 이찬의 "오오, 북만의 15도구 말없는 산천이여/어서 크낙한 네 비밀의 문을 열어라//여기 오다가다 깃들인 설움 많은 한 사나이/들어 목메던 그 빛, 그 소리로 한껏 즐거워 보려노니"로 끝나는 「눈 내리는 보성의 밤」(1938) 같은 시는, 모든 사람들이 김일성의 보천보전투의 실재 자체를 부인하고 있을 때 그 역사적 사실을 입증하려는 노력의 시적 형상이라는 점을 제외하고도, 오늘의 감각으로 보아도 결코 처지는 시라고 말하기는 어렵다. 그러나 이만한 시는 그에게서조차 몇편 되지 않는다. 사회성에 치중한 나머지 시가 갖는 말의 예술이라는 점을 소홀히 생각했던 탓이 아닌가 여겨진다. 7, 80년대의 민중시 또는 사회시 쪽의 일부 시도 같은 잘못을 저질렀다. 시는 말로 하는 예술로써 사회성 자체도 명확한 말에 의해 경험됨으로써 비로소 의미를 갖게 된다는 사실을 간과했던 터이다.

이들 시들을 '사회성은 강하지만'으로 인정하면서 '예술성이 약하다'고 비판하는 것은 잘못이다. 어떠한 사회성도 시에 관한 한 명확한 말에 의해 경험된다는 점으로부터 자유로울 수는 없다. 명확한 말에 의해 경험된다는 것이 예술성을 뜻한다면 그것은 시의 필요조건으로, 예술성이 약하다는 것은 말에 의해 경험되지 못하고 있다는 뜻이요, 아무리 사회성이 강해도 좋은 시로 인정될 수는 없다는 것이다. 90년대의 시가 7, 80년대의 이러한 점을 반성하고 옳은 길로 나아갔다면 탓할 일이 못 된다. 예술성의 회복이 될 수도 있었으니까 말이다. 그러나 7, 80년대의 시에 대해서 올바른 진단이 따르지 못했고 그 처방도 바르지 못했으니, 시인은 본질적으로 정확한 말을 가지고 삶을 재창조함으로써 비로소 그 삶이 의미를 가지게 하는 존재라는 점을 이들 또한 중시하지 않고 있었던 것이다. 결국 90년대 시의 가벼움은 똑같은 잘못의 반복으로써, 예술성의 상실과 시정신의 결여로 이어질밖에 다른 길이 없었지 않나 여겨진다.

나는 요즈음의 시를 읽으면서 '시인이란 무엇인가'라는 케케묵은 화두를 다시 한번 떠올려보았다. 다 알다시피 이것은 워즈워스(W. Wordsworth)와 코울리지(S. T. Coleridge)가 공동으로 낸 『서정담시집』(Lyrical Ballads)의 제2판 서문에서 제기했던 질문이다. 이 서문에서 워즈워스와 코울리지는 대답했다, "시인이란 자신의 사상이나 감정을 보다 쉽게, 보다 힘있게 표현할 수 있는 능력을 획득하고 있는 사람이다"라고. 나는 이 말을 시인의 특성을 한마디로 요약한 살아있는 명언이라고 생각한다. 시인이 다른 사람과 구별되는 점이 과연 무엇인가. 시인의 특성으로 뛰어난 감수성과 상상력을 말할 수도 있겠으나, 이것은 철학자나 과학자에게도 필수적인 것이다. 다만 비상히 발달한 언어능력이라는 점에 있어 시인은 분명히 다른 사람들과 구별된다. 가령 앞의 정의에서 "쉽게"라는 말 속에 정확하게, 분명하게라는 뉘앙스가 있다고 읽을 때 뜻은 더 명료해진다. 시인이란 결국 남에게 무엇인가를 말하는 사람이다. 시도 일종의 대화라는 뜻이다. 설명이 아니라 표현을 가지고 하는 대화니까 정확하고 분명해야 한다. 한데 요즘 읽는 시들 중 많은 것은, 비록 말장난의 시라고 말할 수 없는 것까지도, 표현이라는 개념도 대화라는 개념도 없다. 중언부언 도대체 요령부득인, 그래서 안이하고 탄력없는 시가 새로움이란 가면을 쓰고 난무한다. 생각나는 대로 아무렇게나 떠들어도 되는 컴퓨터 탓이 없지 않을 것이다. 무슨 소리를 하고 있는지 알 수 없는데 그 말이 어찌 힘이 있을 수가 있겠는가. "힘있게"가 "감동적으로"를 뜻한다면 이런 유의 시가 감동을 주지 못할 것은 너무도 당연한 일이다.

　이런 유의 시뿐 아니라 상당한 수준으로 시적 균형을 유지하고 있어 적어도 형식상으로는 흠잡을 수 없는, 그래서 정말 그럴듯하다고 느껴지는 시도 대부분 울림을 주지 못하기는 마찬가지다. 사회성이 제거된, 거의 개인적인 문제로 시종하고 있는 시들을 두고 하는 말이다.

이 부류의 시에 대한 평자나 독자의 관심의 경도 역시 7, 80년대의 사회성의 강조에 대한 반발로 여겨지는데, 과연 사회성이 사상된 시를 통한 삶의 추구가 가능할까라는 점도 생각해볼 대목이다. 물론 사적인 삶은 중요한 것이고, 시를 가지고 할 수 있는 일 중의 하나가 개인적 사상이나 감정의 표현이요 내면의 추구라는 사실을 굳이 경시할 필요는 없을 것이다. 그러나 세상에 혼자 사는 삶이란 있을 수 없다. 자기가 사는 삶인만큼 결국에는 자기 자신의 삶일 수밖에 없다 하더라도 남과 더불어 살게 마련인 것이 세상이다. 더욱이 말이란 사색이나 자아추구의 방법이기도 하나 본질적으로는 사회적 삶의 소산이다. 말에는 원천적으로 사회성이나 역사성이 있다는 소리다. 그런데도 시를 가지고 개인적 문제에만 집착한다면 시는 한없이 왜소해질 것이다. 실제로 우리 시는 지금 한없이 왜소해져 있다. 이런 시들이 몸을 던져 시를 쓰는 것과 거리가 있음은 말할 것도 없다. 치열함도 있을 수 없다.

그러나 지나친 독자에의 영합이 더 문제다. 시가 경박해지는 것도, 시를 너무 쉽게 쓰는 것도 따지고 보면 이와 무관하지 않을 것이다. 시도 남에게 하는 말인만큼 듣는 사람을 의식하지 않을 수는 없다. 사실 독자가 없는 시처럼 비참한 것이 또 어디 있겠는가. 하지만 의식

한다는 것과 영합은 전혀 다르다. 의식한다는 것은 독자에게 마음을 열어놓고 있다는 뉘앙스를 가진 반면, 영합은 독자가 듣기 좋아하는 말만 골라서 한다는 뜻이 강하다. 7, 80년대의 사회성의 시들은 어쩌면 또다른 형태의 독자와의 영합이었다는 혐의를 둘 수도 있으므로, 사회성의 시 자체에 독자와의 영합 내지 세속주의적 요소가 있는가의 여부는 한번 짚고 넘어갈 대목이다.

1998년 10월 일본의 카나가와(神奈川) 대학에서 동북아시아 문학에 대한 세미나가 있었다. 중국·일본·한국에서 평론가, 소설가, 시인이 각각 한 명씩 발표자로 나선 이 세미나에서 나는 '오늘의 한국시'를 주제로 얘기를 했는데, 청중의 하나가 한국시에 있어서의 절규성(絶叫性)이란 문제를 가지고 질문을 했다. 나는 그 개념이 분명치 않아 대답을 제대로 하지 못했지만, 일본에서 나온 『현대시의 전망』(思潮社 1998)이라는 책을 그뒤에 보니 이 문제가 주요한 화두였다. 일본시가 전체적으로 동인들끼리 즐기는 수공업예술의 수준으로 전락 왜소화한 가장 큰 원인은 시가 본질적으로 가지고 있는 절규성의 상실에 있다는 지적이고, 한국시에는 아직 그것이 남아 있기 때문에 활기찬 문학이 되고 있다는 진단도 있었다. 최근에 나온 진보적 문학지 『신일본문학』에서도 눈에 띄는 시에 있어 절규성이란, 여러 사람의 말을 종합

해보건대 문자 그대로 시는 본질적으로 부르짖음, 외침의 성격을 가지고 있다는 소리 같았다. 가령 우리가 살 수 없는 환경에 봉착했을 때 못 견디겠다고 소리를 지르고, 더없는 기쁨에 처했을 때 환호하는 그런 기능과 성격이 시에는 있다는 뜻이다. 그리하여 사람들에게 위험을 알리기도 하고 기쁨을 즐기게도 하는 것이 시이기도 하다는 것이다. 그것이 일본 특유의 탐미주의와 사소한 것에 대한 편집광적 집착으로 사회성이 사상되면서 일본시에서 완전히 사라지게 되었다는 판단이었다. 그렇다면 일본시 쪽의 이 진단은 일본시에 관한 한 옳은 것이겠으나 한국시에 대해서는 잘못된 판단이었다. 90년대 들어 우리 시에서도 그러한 절규적인 성격은 전혀 찾아볼 수 없기 때문이다.

실제로 이 절규성이라는 문제는 우리 시에서도 중요한 화두가 되어야 할 것 같다. 우리 시가 억지에 의해 부자연스럽게 만들어지고 말장난에 시종하고 사소한 것에 매달려 시 자체를 왜소하게 만들고 하는 것이 모두 절규성의 상실과 서로 연결되어 있기 때문이다. 또 시가 안이하고 느슨해진 것도 이와 무관하지 않을 터이다. 물론 우리가 막 들어선 싸이버 디지털 시대에 시가 옛날과 같은 형태로 있으리라고 생각하는 것은 어리석은 일이다. 대체로 활자매체에 의존해온 시에게 탈활자매체시대의 도래는 분명히 새로운 위기이다. 하지만 기계화와 대량생산이라는 산업혁명의 폭풍 속에서 시는 왕자의 자리를 산문에 넘겨주기는 했지만, 민중언어의 발견에 의해서 오히려 그 영역을 확대하지 않았던가. 사람을 극단적으로 개인화하고 파편화하리라 예상했던 인터넷이 오히려 전지구화하면서 국가간·계급간의 빈부격차를 확대하고 있는 자본주의에 대항하는 연결망으로 기능하고 있다는 사실도 암시하는 바 크다.

시는 어차피 이상주의자의 길에 피는 꽃이다. 억지로 만드는 데서 벗어나 좀더 자연스러워지면서, 잃어버린 절규성을 회복하고, 왜소해짐으로써 놓친 큰 울림을 되찾는다는 일은 새로운 세기에 들어선 우리 시가 한번 시도해볼 일이다.

〔『내일을 여는 작가』 2000년 여름호〕

시인의 말

나는 요즈음 시도 한그루 나무 같다는 생각을 한다.
그 아름다움을 아는 사람은 알지만 모르는 사람은 끝내
모르고 지나간다. 그래도 시는 그 자리에 나무처럼 그냥
서 있는 것이다. 그래서 나는 나무를 심는 마음으로 시
를 쓴다.

한때는 고통스럽던 시 쓰는 일이 이제는 즐거워졌다.

2002년 6월 정릉에서
신경림

창비시선 218

뿔

초판 1쇄 발행 / 2002년 7월 1일
초판 13쇄 발행 / 2024년 6월 18일

지은이 / 신경림
펴낸이 / 염종선
편집 / 고형렬 유용민 염종선 문경미
펴낸곳 / (주)창비
등록 / 1986년 8월 5일 제85호
주소 / 10881 경기도 파주시 회동길 184
전화 / 031-955-3333
팩시밀리 / 영업 031-955-3399 편집 031-955-3400
홈페이지 / www.changbi.com
전자우편 / lit@changbi.com